28 Octobre 1884. V

VENTE DES MARDI 28 ET MERCREDI 29 OCTOBRE 1884

HOTEL DROUOT, SALLE N° 4.

INTÉRESSANTE COLLECTION

DE

BRONZES

DE LA CHINE ET DU JAPON

PORCELAINES, TERRES ÉMAILLÉES, CUIVRES

MEUBLES EN BOIS DE FER

ALBUMS, KAKÉMONOS, ROULEAUX, DESSINS

ÉTOFFES

EXPOSITION PUBLIQUE

LE LUNDI 27 OCTOBRE 1884

De une heure à cinq heures.

COMMISSAIRE-PRISEUR	EXPERT
Me MAURICE DELESTRE	M. HENRI PILLET
27, rue Drouot.	16, rue Grange-Batelière.

IMPRIMÉ PAR PILLET ET DUMOULIN
RUE DES GRANDS-AUGUSTINS, 5, A PARIS.

CATALOGUE
D'UNE INTÉRESSANTE COLLECTION
DE

BRONZES

DE LA CHINE ET DU JAPON

PORCELAINES, TERRES ÉMAILLÉES, CUIVRES
MEUBLES EN BOIS DE FER
PAGODES, DIVINITÉS, ALBUMS, KAKÉMONOS, ROULEAUX
DESSINS, ARMURE JAPONAISE, ETC., ETC.
ÉTOFFES

DONT LA VENTE AURA LIEU

HOTEL DROUOT, SALLE N° 4
Les Mardi 28 et Mercredi 29 Octobre 1884
A deux heures précises.

COMMISSAIRE-PRISEUR
Me MAURICE DELESTRE
27, rue Drouot.

EXPERT
M. HENRI PILLET
16, rue de la Grange-Batelière.

Chez lesquels se trouve le présent Catalogue.

EXPOSITION PUBLIQUE, Le Lundi 27 Octobre 1884,
De une heure à cinq heures.

CONDITIONS DE LA VENTE

La vente sera faite au comptant

Les acquéreurs payeront cinq pour cent en sus des enchères applicables aux frais.

L'exposition mettant le public à même de se rendre compte de l'état des objets, il ne sera admis aucune réclamation une fois l'adjudication prononcée.

Paris. — Typ. Pillet et Dumoulin, 5, rue des Grands-Augustins

DÉSIGNATION DES OBJETS

BRONZES DE LA CHINE

ET DU JAPON

1 — Deux grands et beaux vases en bronze, décorés de personnages, d'animaux chimériques et d'attributs en relief.

2 — Très beau chandelier de pagode, en bronze décoré de chiens de Fô et du dragon à cinq griffes, en relief.

3 — Deux vases forme amphore, ornés d'incrustations et de deux têtes d'animaux chimériques formant les anses.

4 — Chimpanzé assis, en bronze, portant au-dessus de la tête un brûle-parfums en forme d'œuf. Le socle est en bois de fer décoré d'insectes en bronze.

5 — Joli vase en bronze, orné d'incrustations et décoré de dragons et serpents en relief.

6 — Vase a couvercle, en bronze, décoré d'incrustations figurant des feuillages. Les deux anses sont formées de têtes d'animaux chimériques, et le couvercle est surmonté d'un oiseau.

7 — Deux flambeaux en bronze ajouré, décorés d'incrustations.

8 — Jolie bouteille en bronze et à anses, décorée d'ornements et d'inscriptions. Le socle est en bois de fer ajouré et sculpté.

9 — Vase en bronze, orné d'incrustations. La tête et la queue d'un serpent enroulé forment les anses.

10 — Joli petit vase en bronze à décor d'ornements et inscriptions. Le corps d'un dragon enroulé autour de la gorge du vase forme les anses. Socle en bois de fer orné d'anneaux en corail rouge.

11 — Grand pitong en bronze orné d'incrustations. Socle en bois de fer.

12 — Deux jolis vases en bronze ornés d'incrustations, dragons et feuillages en relief. Socle en bois de fer.

13 — Deux petits brule-parfums en bronze, des griffes de reptiles forment les pieds et les couvercles sont surmontés de crapauds en relief.

14 — Deux vases en bronze vert, ornés d'incrustations et inscriptions.

Les anses formées de têtes d'animaux chimériques.

15 — Petit vase forme balustre en bronze, avec incrustations et inscriptions. Deux têtes de licornes forment les anses.

16 — Deux étriers japonais en bronze ; le haut des étriers est relié par des têtes d'animaux chimériques.

17 — Garniture de cheminée en bronze. Elle se compose de deux flambeaux à deux branches et d'un brûle-parfums dont le couvercle est surmonté d'un animal chimérique.

18 — Petit vase de forme allongée à anse en bronze vert ; il est décoré d'incrustations et d'un dragon en relief portant trace de dorure.

19 — Petit vase en bronze orné d'incrustations et d'ornements en relief. Socle en bois de fer.

20 — CRAPAUD en bronze.

21 — LANTERNE de pagode, en bronze découpé à jour.

22 — COQ en bronze ayant fait partie d'un vase ou d'un meuble.

23 — PETIT VASE à long col décoré d'incrustations, le haut à forme évasée.

24 — PETIT PITONG en bronze ajouré. Socle en bois de fer laqué et doré.

25 — PLATEAU A ANSE en bronze. Le dragon à cinq griffes est gravé au fond du plateau.

26 à 29 — QUATRE VASES de différentes formes, en bronze, ornés d'incrustations et d'inscriptions.

30 — VASE en bronze à panse renflée; le corps du vase porte des incrustations.

31 — PETIT BRULE-PARFUMS forme fruit. Le haut est découpé à jour. Socle en bois de fer.

32 — ÉCREVISSE en bronze.

33 — VASE en bronze, avec anses en forme d'ailes.

34 — Petit brule-parfums à trépied en bronze, orné d'incrustations.

35 — Petit brule-parfums en bronze. Le couvercle est surmonté d'une fleur, et les anses garnies d'anneaux.

36 — Vase en bronze.

37 — Coupe a pied en bronze. Socle en bois de fer.

38 — Applique en bronze; elle est décorée d'une divinité en relief et ornée d'inscriptions.

39 — Vase forme porte-bouquets, bronze.

40 — Brule-parfums en bronze, de forme rectangulaire; le couvercle est en bois de fer découpé à jour.

CUIVRES

41 — Deux grandes lampes de pagode en cuivre gravé et découpé.

42 — Deux autres, plus petites.

43 — Deux coupes à pieds en cuivre.

44 — Deux plateaux à trois pieds en cuivre.

45 — Deux grandes coupes en cuivre; les pieds sont gravés et découpés à jour.

46 — Petit plateau en cuivre repoussé; au centre des médaillons représentant des poissons, des fleurs et des feuillages.

47 — Vase en cuivre gravé, affectant la forme d'un fruit.

48 — Brule-parfums en cuivre gravé; le couvercle découpé à jour est surmonté d'un animal chimérique tenant une boule dans ses griffes.

49 — Petit vase en cuivre, en forme de timbre; le couvercle est découpé à jour et la panse ornée d'ornements en relief.

50 — Trois petites cafetières, l'une en cuivre repoussé, les deux autres en métal.

51 — Petit cendrier en cuivre; le couvercle est ajouré.

52-53 — Deux plats en émail cloisonné, à décors de fleurs et ornements en bleu, blanc, rouge et or.

54 — Jolie cafetière en pierre de lard, décorée de feuillages et de fleurs en relief; le couvercle est surmonté d'un bouton en ambre.

PORCELAINES DE CHINE

ET DU JAPON

55 — Grand plat en porcelaine du Japon, à fond or décoré en émaux de couleurs; fleurs, arbustes et feuillages rehaussés d'or.

56 — Plat en porcelaine de la Chine, décoré en émaux de la famille verte.

57 — Plat en porcelaine de la Chine, en forme de coquillage, décoré en émaux de couleurs rehaussés d'or.

58-59 — Deux Chandeliers en porcelaine du Japon, à décor bleu.

60 — Petit plat en porcelaine du Japon, portant au centre un décor d'attributs, et au pourtour des personnages et habitations.

61 — Plat forme coquille, en porcelaine du Japon décor d'attributs et guirlandes de fleurs.

62 — Grand plat en porcelaine du Japon, à décor de fleurs et de feuillages en bleu.

63-72 — Quatorze plats et assiettes en porcelaine de la Chine et du Japon, à décors variés et de formes différentes.

73 — Grand plat creux, décoré en bleu; au centre, des banderolles; à l'extérieur, des fleurs et feuillages.

74 — Grand plat creux, décoré en bleu; au centre, paysage, pagode, rivière et personnages; au marli, attributs et médaillons de figures grotesques.

75-80 — Douze plats décorés en bleu, de formes et de décors variés.

81 — Plat rond à pans, décoré en bleu, oiseaux et feuillages.

82 — Plat rond à décor bleu; au centre, un oiseau; au marli, des fleurs et feuillages.

83 — Grand plat creux, décor en bleu; au centre, le dragon à cinq griffes; au marli intérieur et extérieur, des ornements.

84 — Plat carré et creux ; un éléphant avec palanquin orne le centre ; au marli, des médaillons de personnages, fleurs et oiseaux.

85 — Deux plats décorés en bleu ; les bords sont ajourés.

86 — Jardinière à quatre pans, décorée en bleu et ornée de dragons et d'ornements.

87 — Potiche, décor bleu.

88 — Vase de forme sphérique à couvercle ajouré et décoré en bleu.

89 — Vase de forme ovoïde à couvercle ajouré, décoré de fleurs et de feuillages en bleu.

90 — Petit vase porte-bouquets, décoré en bleu ; dragons et feuillages en relief.

91 — Légumier hexagone à couvercle, décoré en bleu ; paysages et inscriptions.

92 — Potiche à panse sphérique, décorée en bleu ; animaux, oiseaux et feuillages.

93 — Deux écuelles pour légumes. Porcelaine d'Owari.

94 — Sept pièces à décors bleus : potiches, bouteilles et cornets.

95 — Vase de forme sphérique, à couvercle et décoré en bleu; médaillons de fleurs, feuillages et inscriptions.

96 — Cinq bols en porcelaine de Chine et d'Owari à décors variés et de formes différentes.

97 — Neuf bouteilles ou boites a thé à décors bleus.

98 — Dix petites assiettes en porcelaine du Japon, décorées en émaux de la famille rose.

99 — Cinq coupes à fruits en porcelaine du Japon, décorées d'animaux et de fleurs en rouge, bleu et or.

100 — Huit assiettes en porcelaine du Japon, à décor en bleu, rouge et or.

101 — Six assiettes rondes, même porcelaine et meme décor.

102 — Grand bol en porcelaine du Japon à décor et réserves en bleu, vert, rouge et or.

103 — Six coupes a fruits de forme hexagone, à réserves de fleurs et d'attributs émaillés en bleu et rouge à rehauts d'or.

104 — Six soucoupes en porcelaine du Japon, portant au marli des réserves en bleu, rouge et rehauts d'or.

105 — Assiettes en porcelaine de Chine, décorées en rouge et or, et réserves quadrillées.

106 — Huit bols et tasses en porcelaine de la Chine et du Japon, de formes et décors variés.

107 — Quatre coupes a fruits de même porcelaine; au centre, décor de fleurs, de feuillages et insectes en bleu, rouge, rehaussé d'or.

108 — Dix assiettes rondes en porcelaine de la Chine et du Japon à décors variés.

109 — Huit assiettes creuses à bords contournés en porcelaine du Japon; marli à réserves de fleurs, insectes et habitations; au centre, décor d'attributs et feuilles d'acanthe en bleu et or.

110 — Trois coupes a fruits en porcelaine du Japon

111 — Quatre assiettes et deux soucoupes en porcelaine du Japon, décors variés.

112 — Vingt-quatre pièces en porcelaine de la Chine et du Japon : beurriers, légumiers, plateau,

assiettes, coupes et autres, de formes et de décors variés. (Ce numéro sera divisé).

113 — ASSIETTE en porcelaine de la Chine craquelée; au centre, sur fond rouge et or, l'aigle chinois; au marli guirlande de fleurs.

114 — ASSIETTE de même porcelaine ; au centre, divinités chinoises; au marli, cordon de fleurs; à l'extérieur des fleurs émaillées en bleu, rouge et or.

115 — SIX ASSIETTES fond blanc, décorées au marli de fleurs et arbustes.

116 — QUATRE COUPES à pieds en porcelaine du Japon, à décor de fruits et de feuillages.

117 — QUATORZE ASSIETTES à bords rehaussés en porcelaine de Chine, décor bleu.

118 — JARDINIÈRE à cinq pans en porcelaine du Japon, décor bleu ; les trois pieds de la jardinière sont formés par des personnages accroupis.

119 — SIX ASSIETTES à poissons en porcelaine d'Owari.

120 — DEUX PETITS RÉCHAUDS en porcelaine d'Owari.

121-122 — DOUZE ASSIETTES CREUSES à décors variés.

123-125 — NEUF BEURRIERS et RAVIERS en bleu. Décors et formes variés.

126 — GRAND RAVIER en forme de jonque, à décor bleu.

127-128 — NEUF ASSIETTES à bords contournés, décors bleus et formes différentes.

129-132 — VINGT-TROIS ASSIETTES creuses et plates, à décors bleus et variés.

133 — DEUX PETITS PLATS HEXAGONES en porcelaine du Japon. Décor bleu.

134 — DEUX COUPES forme coquille, en porcelaine d'Owari.

135 — DEUX JARDINIÈRES de forme sphérique à décors bleus et variés.

136 — QUATRE ENCRIERS, décors bleus et de formes différentes.

137-142 — SOIXANTE PIÈCES environ, en ancienne porcelaine de Chine, du Japon et d'Owari, décors bleus plats, coupes, cendriers, soucoupes, etc., etc.

143-148 — CINQUANTE PIÈCES environ, de mêmes porcelaines et de décors variés : garniture de toilette, bols, boîtes à savon, tasses et soucoupes.

149 — Grand bol en porcelaine craquelée, fond vert d'eau, à décors d'ornements et d'oiseaux en couleurs.

150 — Assiette en porcelaine de Chine, fond rouge clair, à personnages et réserves de fleurs.

151 — Assiette en porcelaine d'Awadji, fond jaune impérial, décorée en émaux de la famille verte.

152 — Deux petites coupes en porcelaine de la Chine, décorées en émaux de couleurs.

153 — Assiette de Kanga; au centre, un oiseau sacré et feuillages émaillés en couleurs.

154 — Petite coupe ronde à bords contournés en porcelaine de Kanga, décorée d'émaux de la famille verte.

155 — Coupe à bords contournés de même porcelaine que la précédente, décor en couleurs.

156 — Grand plat fond vert, de même porcelaine; au centre, un arbuste sur fond jaune.

157 — Grand plat de Koti, sur fond vert; au centre, des ornements et oiseaux gravés.

158 — Petite coupe en céladon bleu turquoise.

159 — Assiette en terre émaillée et craquelée ; au centre, des personnages chinois, en émaux de couleurs rehaussés d'or.

160 — Petit panier a fruits en terre émaillée de Koti.

161 — Deux porte-bouquets en terre émaillée en couleurs.

162 — Deux autres en terre émaillée, représentant des rochers avec crabes en relief.

163 — Petit plat carré orné d'inscriptions, en terre émaillée en couleurs.

164 — Deux grandes bouteilles forme gourde, en terre émaillée en couleurs.

165 — Deux vases à anses en terre émaillée, à décor d'émaux en couleurs.

166 — Divinité chinoise accroupie en terre émaillée.

167 — Petit plat rond à bords relevés, en terre émaillée de Maicoyaki.

168 — Animal fantastique en terre émaillée.

169 — Grand plat creux en terre émaillée, à décor en couleurs.

170 — PETITE ASSIETTE en terre émaillée en couleurs ; au centre, décor de grotesque, et de fleurs.

171 — PETITE COUPE craquelée de Banco; au marli, sur fond rouge, des ornements ; au centre, une femme chinoise près d'un pont.

MEUBLES

172 — GRAND ET BEAU MEUBLE du Tonkin en bois de fer. Les panneaux de côté portent des rosaces percées à jour. Les portes et le haut du meuble sont en bois sculpté et ajouré, et ornées d'incrustations en nacre de perle.

173 — GRAND MEUBLE en bois de fer. Il est orné de portes et de tiroirs sur lesquels sont représentés des personnages chinois, des fleurs et ornements incrustés en nacre de perle.

174 — MEUBLE en bois noir décoré d'incrustations en nacre de perle.

175 — JOLIE TABLE RONDE à trois pieds, décoré d'incrustations en nacre de perle.

176 — Petite pagode en bois laqué, fermant à deux volets ; à l'intérieur, les panneaux sur fond or sont ornés de peintures ; au fond, sur un autel en bois sculpté et doré, une divinité chinoise.

177 — Pagode en bois laqué, garnie de ses cuivres gravés ; à l'intérieur, une divinité chinoise en bois sculpté sur fond or.

178 — Deux panneaux en bois portant traces de dorures ; ces panneaux sont décorés de divinités et d'attributs en bois sculpté et doré, et en relief.

179 — Divinité chinoise en bois sculpté, sur son socle également sculpté.

180 — Divinité chinoise en bois sculpté et doré ; socle en bois laqué, sculpté et doré.

181 — Pagode fermant à deux portes, en bois laqué, garnie de ses cuivres gravés.

182 — Deux panneaux en bois, ornés d'incrustations en nacre de perle.

183 — Petit temple en laque aventuriné, à décors d'ornements dorés, et table basse à quatre pieds en laque rouge et or du Japon.

184 — Petit meuble étagère fermant à deux portes, en bois de fer sculpté

185 — Joli pied de meuble en bois laqué, décoré d'animaux et d'ornements en bronze.

186 — Deux pots à couvercles ajourés, en bois de fer sculpté.

187 — Fumerie d'opium et son plateau en bois, décoré d'incrustations en nacre de perle.

188 — Grand plateau en bois, orné d'incrustations en nacre de perle.

189 — Petit plateau carré, décoré d'incrustations en nacre de perle, sur socle en bois sculpté et découpé à jour.

190 — Plateau rectangulaire en bois de fer, orné d'incrustations en nacre de perle.

191 — Deux petits éléphants en bois de fer sculpté.

192 — Petit service a thé en noix de coco sculpté. Il se compose de : huit tasses, deux gobelets et un jeu de boîtes.

193 — Ecran et son pied en bois de fer, décoré d'incrustations en nacre de perle.

194-196 — Cinq albums japonais représentant des scènes de la vie chinoise, des costumes, des animaux et des fleurs.

197-200 — Cinq panneaux japonais sur soie et étoffe; quatre représentant les visites du Taïcoun au Mikado; le cinquième, des fleurs et oiseaux en relief; les cadres sont en laque rouge du Japon.

201-220 — Environ quarante kakemonos sur papier et sur soie; ils représentent des divinités, des scènes religieuses et de la vie chinoise.

221-224 — Quatre grands rouleaux japonais, représentant des scènes de la vie chinoise : Matsouris, scènes de carnaval, personnages grotesques, paysages et vols d'oiseaux.

225 — Six dessins chinois à l'encre de Chine.

226 — Deux grandes lanternes japonaises.

227 — Paravent japonais à sept feuilles en bois de fer, décoré de verres émaillés.

228 — Armure japonaise complète et sa boîte.

ÉTOFFES

229-250 — Etoffes en soie et brodées or; tapis, tentures, portières, etc., etc.

251 — Sous ce numéro, les objets non catalogués.

www.ingramcontent.com/pod-product-compliance
Ingram Content Group UK Ltd.
Pitfield, Milton Keynes, MK11 3LW, UK
UKHW020528180726
13839UKWH00005B/2368

9 782329 433783